Roi du Ciel

Chaim Potok

Roi du ciel

traduit de l'anglais (États-Unis)
par Agnès Desarthe
et illustré par Philippe Dumas

Mouche
l'école des loisirs
11, rue de Sèvres, Paris 6e

Titre de l'édition originale : « The sky of now »
(Alfred Knopf, Inc., New York)
Loi n° 49.956 du 16 juillet 1949 sur les publications
destinées à la jeunesse : octobre 2001
Dépôt légal : octobre 2001
Imprimé en France par l'imprimerie Hérissey à Évreux - N° 90324

Aux pilotes et à leurs passagers
où qu'ils soient.
C.P.

Pour Eliza,
Katie et Emily.
T.A.

SOUTH
PARK

La porte de la chambre de Brian s'ouvrit et sa mère entra.

– Bonjour, Brian, dit-elle. On ne va pas tarder à partir.

– Je m'habille en vitesse, dit Brian.

Elle leva les stores. Brian vit le soleil sur les branches, sur les pelouses, sur les maisons. Un groupe d'oiseaux traversa le ciel d'été, leurs ailes remuaient à peine.

Après que sa mère eut quitté la chambre, Brian dit à Balayeur: «On va voir la statue de la Liberté aujourd'hui.»

Balayeur était un clown en céramique. Il mesurait soixante-dix centimètres et avait été envoyé en cadeau à Brian environ un an plus tôt depuis Hongkong, par son oncle Conor qui était pilote de ligne. Dans le même paquet, Brian avait trouvé un petit livre sur les cirques du monde entier et un mot:

«Cher Brian. Je te souhaite un très bon neuvième anniversaire! Bisou, Oncle Conor.»

Le mode d'emploi expliquait que le clown pouvait exécuter un numéro d'équilibre sur un filin tendu d'un mur à l'autre à un mètre du sol. Dans une main il tenait un parapluie et dans l'autre, un balai. C'est pour cette raison que Brian l'avait appelé Balayeur.

– Tu m'écoutes ? demanda Brian à Balayeur.

– Je suis tout ouïe, mon bonhomme, dit Balayeur.

– Alors, s'il te plaît, dis quelque chose, demanda Brian.

– Il paraît qu'elle est vraiment très grande, dit Balayeur.

Après le petit-déjeuner, Brian, ses parents et sa petite sœur partirent en voiture en direction de New York. Ils roulèrent le long du fleuve Hudson. Brian sentit son cœur battre plus fort lorsqu'ils dépassèrent un porte-avions.

Un peu plus tard, le père de Brian gara la voiture. Ils marchèrent jusqu'à l'embarcadère où des gens attendaient déjà en file.

– Regarde, c'est la statue de la Liberté, dit sa mère.

Brian admira la lointaine statue, plantée sur son île au milieu de l'immense port.

– On va grimper tout en haut, au dernier étage, dit son père.

Ils embarquèrent sur un bac. Des oiseaux blancs tournoyaient sans cesse et escortaient le ferry qui traversait les eaux. Brian remarqua que la statue semblait devenir un peu plus grande à chaque seconde.

Au moment où ils descendirent du bateau, la sœur de Brian regarda la statue et dit :

– Est-ce qu'on va vraiment monter tout là-haut ?

– Mais oui, Jessica, dit la mère de Brian. Tout là-haut. N'est-ce pas merveilleux ?

Ils prirent un ascenseur plutôt bondé, puis empruntèrent un escalier en colimaçon assez étroit qui s'enroulait dans la tête de la statue de la Liberté.

Brian s'approcha des vitres. Il n'avait jamais été aussi haut de sa vie. Comme le ciel était bleu vu d'ici ! Il se hissa sur la pointe des pieds et se pencha aussi loin qu'il le pouvait. Son nez toucha le carreau.

Alors il regarda vers le bas.

Tout d'un coup, il sentit son cœur s'emballer. Ses mains devinrent froides et moites. Ses genoux le supportaient à peine.

Il leva les yeux vers le ciel.

Il se jura de ne plus regarder en bas. Mais, au moment même où il se faisait cette promesse, il ne put empêcher son regard de plonger droit vers les pieds de la statue.

Il se vit glisser par la fenêtre et tomber. Tomber, tomber, tomber jusqu'à...

Il ferma les yeux et recula d'un pas.

Peu après, ils reprirent l'ascenseur pour descendre.

– Combien elle mesure, la statue de la Liberté ? demanda Brian dans la voiture.

– Si on compte le socle sur lequel elle repose, quatre-vingt-douze mètres et quatre-vingt-dix-huit centimètres, pour être exact, dit son père.

– Tu as eu peur là-haut? demanda sa mère.

– Un peu, dit Brian. Mais ça va maintenant.

La voiture venait à peine de s'arrêter dans l'allée qui menait à la maison lorsque Brian aperçut une grosse caisse en bois juste devant la porte.

L'ami de Brian, Paul, arriva en courant de l'autre côté de la rue.

– C'est pour toi, Brian, dit Paul. Un monsieur l'a apportée dans un camion. Je lui ai dit que tu reviendrais dans la journée, et il l'a laissée là.

– C'est de la part d'Oncle Conor, dit Brian, en regardant l'étiquette sur la caisse. C'est où, Singapour ?

– En Asie, répondit la mère de Brian.

– C'est encore plus loin que Hongkong, dit le père de Brian.

Mon frère est un sacré voyageur, pas vrai ?

– Tu ne l'ouvres pas ? demanda Paul.

Brian et son père allèrent chercher des outils dans le garage. Puis Brian aida son père à ouvrir la caisse. Il y avait beaucoup de papier et de plastique à l'intérieur. Très soigneusement, Brian fouilla dans l'emballage.

Une tête apparut, un corps, des bras, des jambes.

C'était un pilote.

Une statuette en céramique de soixante-dix centimètres de haut, représentant un pilote.

Juste à côté, il y avait un petit livre et un mot :

« Pour Brian, une petite surprise pour ton anniversaire de dix ans qui approche à grands pas. En attendant la vraie grande surprise !

Bisou, Oncle Conor. »

Le petit livre disait que l'homme qui avait inspiré cette statuette avait piloté des avions de guerre en Europe pendant la Se-

conde Guerre mondiale et qu'il avait abattu sept avions allemands, quatre au-dessus du territoire français, et trois en Allemagne.

Brian prit la statuette du pilote et l'emporta dans sa chambre où il la déposa aux côtés de Balayeur.

– Je vais te donner un nom, dit Brian.

Il réfléchit un bon moment.

– Tu vas t'appeler Fonceur, dit-il finalement. Parce que tu es un pilote et que tu fonces à travers le ciel.

– Nous ne faisons pas que foncer, dit le pilote. Mais Fonceur me plaît beaucoup.

– Mouais, fit Balayeur.

– Je suis fatigué, dit Fonceur. Le voyage a été long.

Il eut l'air de s'endormir.

– Il est classe, déclara Brian.

– Tu trouves ? dit Balayeur.

– Écoute, j'ai vécu des trucs durs aujourd'hui, répondit Brian. J'ai eu la peur de ma vie quand je me suis rendu compte à quel point j'étais haut dans la couronne de la statue de la Liberté.

– Mon bonhomme, si on a un tant soit peu de jugeote, on a forcément le vertige, c'est naturel, dit Balayeur.

– Comment je vais pouvoir devenir pilote d'avion si j'ai le vertige ? demanda Brian.

– Tu n'as que neuf ans, dit Balayeur. Peut-être que ça te passera.

Les semaines de juillet s'égrenèrent lentement, et Brian finit par oublier la statue de la Liberté.

Un jour, au début du mois d'août, Brian alla avec sa mère visiter le nouveau bureau de son père dans l'*Empire State Building*.

La montée en ascenseur rappela à Brian la statue de la Liberté.

Une fois dans le bureau de son père, tandis que ses parents discutaient ensemble, Brian s'approcha d'une fenêtre et regarda au-dehors.

Il vit des toits d'immeubles. Sans réfléchir, il se hissa aussi haut qu'il pouvait sur la pointe des pieds et écrasa son nez contre la vitre.

Puis il regarda d'un coup vers le bas. Ses mains gelèrent, son cœur se mit à battre follement et ses genoux tremblèrent.

Il se vit glisser par la fenêtre et tomber, tomber…

Il recula vivement.

Dans l'ascenseur qui les menait au rez-de-chaussée, Brian demanda :

– Il mesure combien cet immeuble ?

– Environ trois cents mètres, répondit sa mère.

– Quatre cent quarante-huit mètres et soixante-six centimètres, pour être exact, dit son père.

La sensation de la chute était encore très vivace en lui lorsque Brian se retrouva à la maison avec ses parents, plus tard dans l'après-midi.

– Cette fois, j'ai eu vraiment très peur, avoua Brian à Balayeur.

Balayeur sourit tristement.

– Excuse-moi, dit Fonceur. Je n'ai pu m'empêcher de tendre l'oreille. Est-ce que j'ai bien entendu ? Tu as dit que tu avais le vertige ?

– J'ai regardé par la fenêtre du bureau de mon père aujourd'hui, et j'ai failli me trouver mal, raconta Brian.

– Quand j'avais à peu près ton âge, dit Fonceur, je suis allé aux chutes du Niagara. Je me suis approché du bord et je me suis demandé l'effet que ça ferait de regarder en bas.

– Et alors ? demanda Brian.

CLUB
DESARTIN

– J'ai décidé de ne pas essayer, dit Fonceur.

Le lendemain, Brian demanda à son ami, Paul :

– C'est quoi l'endroit le plus haut où tu sois jamais allé ?

– Le Grand Canyon, dit Paul. Il y a un à-pic de plus de mille mètres.

– Tu as eu peur ? demanda Brian.

– C'était géant, dit Paul. Mais mon petit frère a vomi.

Quelques jours passèrent. Un beau matin, une lettre arriva pour Brian.

– *« Cher Brian »*, disait la lettre. *« Plus que deux semaines avant le grand jour et la grande surprise. Bisou. Oncle Conor. »*

Brian se réveilla tôt le matin de son anniversaire de dix ans. Il leva les stores. Le ciel était bleu, parsemé de petits nuages blancs, joufflus. Des oiseaux planaient paresseusement dans la chaleur de l'été.

– Bon anniversaire, Brian, dit sa mère, lorsqu'il s'assit à la table du petit déjeuner.

Après avoir mangé, Brian, ses parents et sa petite sœur partirent en voiture. Ils roulèrent longtemps sur des routes de campagne, ne rencontrant que des fermes et des villages.

Brian était si impatient et si curieux qu'il ne tenait pas en place. « Où on va ? » demanda-t-il en regardant défiler, par la vitre, les champs peuplés de vaches et de chevaux.

– Si on te le disait, ce ne serait plus une surprise, tu comprends ? répondit son père.

– Plus que quelques kilomètres, dit sa mère.

– Quatre kilomètres quatre cent quatre-vingts, pour être exact, dit son père.

Peu après, ils tournèrent dans un chemin de terre qui menait à un ensemble de bâtiments bas situés dans un immense champ.

À côté de l'un des bâtiments, se trouvait Oncle Conor !

Il parlait avec un vieil homme qui portait des lunettes d'aviation et un casque en cuir à rabats sur les oreilles.

– Bon anniversaire, Brian ! clama Oncle Conor.

Brian courut vers lui, et Oncle Conor le serra fort dans ses bras.

– Je ne t'ai pas vu depuis longtemps, dit Oncle Conor. Tu es prêt pour ta surprise ?

Oncle Conor pointa l'index vers le bout du champ.

Brian y découvrit un avion à hélice. Juste derrière se trouvait un autre avion au fuselage très fin, pourvu d'ailes gigantesques. Il reposait à même le sol, légèrement penché sur un côté.

Il n'avait pas de moteur. Son nom était peint en lettres rouges sur le cockpit : **Roi du Ciel**.

– On va faire un tour, dit Oncle Conor.

– Vraiment ? demanda Brian.

Ses jambes se mirent à trembler.

– Tu veux devenir pilote ? demanda Oncle Conor.

Brian s'entendit répondre :

– Oui.

– Eh bien, tu commences aujourd'hui, dans ce planeur, dit Oncle Conor. Suis-moi.

Ils traversèrent le champ.

– On volera à quelle altitude ? demanda Brian.

– Environ trois mille pieds, dit Oncle Conor.

Trois mille pieds ?! Ça faisait neuf cents mètres !

– Tu t'installes dans le siège avant, dit Oncle Conor.

Brian grimpa dans le cockpit et ajusta sa ceinture de sécurité. Son père se tenait près de l'aile gauche. Son oncle s'installa dans le siège arrière et abaissa la coque en plastique sur leurs têtes.

L'homme au casque en cuir et lunettes d'aviation s'introduisit dans l'avion à hélice. Le moteur cracha puis rugit. Le père de Brian s'empara de l'aile du planeur qui ne touchait pas le sol et la fit basculer, afin que l'avion se retrouve en position horizontale. L'avion à hélice se mit à avancer, suivit du planeur et du père de Brian qui courait à côté, maintenant l'aile gauche à niveau.

Brian comprit que le planeur était attaché par un câble à l'avion de devant qui le tractait sur l'herbe.

Oncle Conor, depuis le siège arrière, expliqua à Brian ce qui allait se passer.

Le planeur rebondissait sur le sol accidenté du champ. Brian vit l'avion de devant quitter la terre.

Tout à coup, le planeur lui aussi se retrouva dans les airs !

Brian crispa ses orteils et respira profondément. Il sentait le planeur s'élever de plus en plus haut.

Loin devant, l'avion à hélice volait tout droit, le câble de liaison était tendu au maximum et, plus bas, tout en bas, se découpaient des arbres et des champs minuscules.

Brian entendit un bruit sec et assourdissant. Son cœur se comprima dans sa poitrine.

Le câble avait lâché.

Brian vit l'avion à hélice tourner vers la gauche. Tandis que le planeur tournait vers la droite.

Qu'est-ce qui les empêchait de tomber ?

– Les flux d'air et nos longues ailes, dit Oncle Conor, comme s'il avait lu dans les pensées de Brian.

– L'air nous porte, de la même manière que l'eau porte les navires.

L'air les portait, l'air les soulevait, de plus en plus haut.

Oncle Conor poursuivait ses explications tandis que le planeur volait. Il parlait de la gravitation, de ce qui arrive quand on change de direction, du poids et de la légèreté. Il évoqua aussi les masses d'air chaud montantes et ajouta qu'il était naturel de se sentir un peu nerveux à cause des mouvements étranges et des sensations nouvelles dont on faisait l'expérience lors d'un premier vol ; par exemple les chutes d'altitude dues aux trous d'air, les bosses, les déséquilibres soudains d'un côté ou de l'autre, l'impression de plonger vers le sol et de remonter tout à coup.

Brian écoutait, sans quitter des yeux le ciel, concentré sur le hurlement de l'air qu'ils déchiraient en volant.

Puis Brian regarda vers le bas.

Il ferma les yeux aussitôt.

Le planeur montait, puis virait, avant de monter à nouveau. Brian avait toujours les yeux fermés. Ils heurtèrent une masse d'air et chutèrent soudain. Il sentit son estomac remonter dans sa gorge.

Le planeur se pencha et prit un virage serré. À cet instant, Brian, tout en se jurant de garder les yeux fermés, ouvrit ses paupières.

La première chose qu'il vit fut que Oncle Conor n'était pas dans le siège arrière.

À sa place, il y avait… Fonceur !

Et, à côté de Fonceur, il y avait Balayeur, toujours muni de son parapluie et de son balai.

– J'ai pensé que je pouvais prendre les commandes quelques instants, dit Fonceur. Ça ne te dérange pas, j'espère ?

– Non, dit Brian.

– Ça me rappelle le bon vieux temps, déclara Fonceur, quand j'étais un as de l'aviation.

– Et moi, qu'est-ce que je fais là ? s'écria Balayeur. Je ne suis pas censé m'élever à plus d'un mètre du sol !

– On est à neuf cents mètres, dit Brian.

– Neuf cents ? dit Balayeur. Je ne fais jamais mon numéro à plus d'un mètre. Eh, dites donc, faites attention, ça secoue vraiment trop !

– Pardon, mon vieux, dit Fonceur.

– C'est affreux pour mes nerfs, expliqua Balayeur.

– Prêts pour les vraies surprises ? demanda Fonceur.

– Attends une minute, juste une minute, dit Balayeur. On ne pourrait pas en discuter un peu avant ?

– C'est parti ! dit Fonceur.

Ils s'élancèrent à travers le ciel bleu, rebondissant sur des masses d'air ascendantes. Puis, tout d'un coup, ils plongèrent vers la terre, et Brian vit les rues et les maisons se rapprocher… là, c'était sa maison, et juste à côté, c'était son copain, Paul, qui les regardait. Brian lui fit un signe.

Ils s'élevèrent à nouveau et survolèrent la ville et la rivière. La statue de la Liberté ! Brian vit la fenêtre découpée dans sa couronne ; l'endroit où, quelques semaines plus tôt, il avait regardé vers le bas. Ils poursuivirent leur route, dépassèrent l'*Empire State Building* !

Le planeur montait, virait, montait encore.

Puis la ville disparut.

Brian vit de nouveau des champs, des bois et le plus bleu des cieux.

– Vise un peu ça ! s'écria Fonceur tout d'un coup.

Brian regarda dans la direction que Fonceur indiquait et retint son souffle.

À une centaine de mètres d'eux, un énorme oiseau volait. Ses ailes immenses étaient droites et immobiles, comme celles du planeur.

– C'est un aigle ! dit Fonceur.

– Ça, c'est une surprise ! dit Balayeur, retrouvant presque le sourire.

Brian colla son nez à la coque en plastique du cockpit.

Voler aux côtés d'un aigle !

À force d'observer l'aigle,

d'admirer son corps gracieux et ses ailes gigantesques parfaitement déployées, Brian oublia complètement qu'il était à bord d'un avion. Il eut l'impression que le ciel s'ouvrait à lui, qu'il se confondait avec tout ce bleu qui l'entourait. Il ne pensait plus qu'au ciel et à l'aigle, et savourait ce moment, ce moment de vol si précieux, si spécial.

Il était heureux... comme un roi.

Et il éclata de rire, tout à son plaisir et à sa joie.

– Ravi que ça te plaise, dit quelqu'un dans le dos de Brian.

Il tourna la tête et vit son oncle Conor, dans le siège arrière.

Ils s'élancèrent aux côtés de l'aigle.

– C'est beau à voir, n'est-ce pas ? dit Oncle Conor.

– J'étais un peu nerveux au début, répondit Brian.

– Quelqu'un qui vole pour la première fois et ne se sent pas nerveux est bon pour l'asile, si tu veux mon avis, dit Oncle Conor.

– J'ai le vertige, dit Brian.

– Presque tout le monde a le vertige, expliqua Oncle Conor.

C'est naturel, mais ça n'a jamais empêché personne de voler. Ça n'a rien à voir.

L'aigle s'enfonça dans un nuage et disparut.

– Il est temps de rentrer, dit Oncle Conor.

Ils prirent un virage encore plus serré que les autres.

Brian ne regarda pas le bout des ailes, il maintint ses yeux fixés sur le nez de l'engin. D'une certaine manière, ça rendait les virages plus faciles à supporter.

Puis il regarda vers le bas.

Ça lui faisait toujours peur de regarder droit vers le bas, comme ça. Mais cette fois, il ne se vit pas tomber.

Ils s'approchaient de plus en plus du sol, jusqu'au moment où ils se posèrent en douceur sur un matelas d'herbe. Le planeur se pencha d'un côté et quand le bout de l'aile toucha la terre, il s'arrêta.

HAÏTSE'S AIR-CLUB

Brian détacha sa ceinture de sécurité et sortit du cockpit. Comme c'était bon de sentir le sol sous ses pieds !

– Tu es un excellent élève, déclara Oncle Conor.

Les parents de Brian, qui l'attendaient à l'arrivée, sourirent en entendant ça.

– C'est mon tour, maintenant, dit la sœur de Brian.

– Une autre fois, Jessica, dit la mère de Brian.

– Je suis fier de toi, annonça le père de Brian.

Oncle Conor serra la main de son neveu.

– Bon anniversaire, dit-il. L'année prochaine on y retournera. On montera peut-être jusqu'à mille cinq-cents mètres. Ou plus haut. D'accord?

– J'adorerais, répondit Brian.

Ce soir-là, allongé dans son lit, Brian dit à Fonceur :

– Merci de m'avoir accompagné.

– Pas de quoi, dit Fonceur.

– J'avais la frousse, avoua Brian. Ça avait l'air… dangereux.

– La plupart des grandes choses qu'on fait dans une vie ont quelque chose de dangereux, précisa Fonceur.

– Merci de m'avoir accompagné, toi aussi, dit Brian à Balayeur.

– Eh, c'est la moindre des choses, entre amis, dit Balayeur. Ne recommence pas tous les jours, c'est tout ce que je te demande.

– J'ai sommeil, dit Brian. Bonne nuit.

– Bonne nuit, tout le monde, dit Fonceur.

Brian avait oublié de descendre les stores. Une multitude d'étoiles scintillaient dans le plus

profond des bleus, ce bleu du ciel qui avait, quelques heures plus tôt, porté sur son dos Brian et son oncle Conor et puis **Roi du Ciel**, le planeur, sans oublier Balayeur et Fonceur, et leur compagnon l'aigle.

La tête sur son oreiller, les yeux perdus dans la nuit étoilée, Brian les vit tous ensemble, se fondant dans les constellations, s'élevant de plus en plus haut, de plus en plus haut…

– Je suis fier de toi, Brian, dit Balayeur. Bonne nuit, mon bonhomme.